de Romain Drac
illustré par Michel Tarride

Sur la colline, il y avait un château en ruine. Dans les ruines de ce château, il y avait un fantôme. Ce jour-là, le fantôme était un peu triste. Il se rappelait le temps où il était seigneur de la région : sire Albéric de Cracorian.

Il avait tellement semé la terreur, qu'à sa mort il avait été condamné à effrayer éternellement les gens. C'est ainsi qu'on devient fantôme. Au début, il avait trouvé marrant de faire peur à ses descendants. Puis le château avait été abandonné et, petit à petit, il s'était écroulé.

Ces deux cents dernières années, le fantôme n'avait effrayé qu'une troupe de soldats, trois campeurs et un extraterrestre. C'était bien peu.

– Je m'ennuie, soupirait le fantôme assis sur la margelle du puits, je m'ennuie tellement que je préférerais rôtir en enfer.

Il avait à peine fini sa phrase que la margelle se mit à vibrer et la terre à trembler.

4

– Ouf, se dit-il, le diable arrive enfin, ce n'est pas trop tôt !

Il attendit un bon moment. Qu'il était long à venir ! Pressé d'en finir, il sauta dans le puits. Quelle ne fut pas sa surprise ! Des hommes creusaient un énorme souterrain sous son château.

Pourquoi ces hommes creusaient-ils ?

Bientôt le souterrain traversa la colline, et le fantôme, très étonné, vit pour la première fois circuler un train. Mais ce n'était pas n'importe quel train : juste en dessous de chez lui, Albéric avait une ligne de TGV.

CHAPITRE 2

Jouer au TGV, quel jeu amusant ! Albéric se postait à l'entrée du tunnel et, dès que le TGV arrivait, il s'élançait à sa hauteur pour l'accompagner jusqu'à l'autre bout. Trois cents à l'heure, pour un fantôme, ce n'est rien du tout. Un fantôme, ça va plus vite que la lumière ; la preuve : ça traverse les murs.

Albéric se collait aux fenêtres des wagons et contemplait les effets de son apparition : en allumant sa cigarette, un voyageur se brûla la moustache. Un autre cracha sa bière sur une dame qui tricotait.

Le contrôleur se poinçonna un doigt. Armé de
sa lance, Albéric faisait semblant d'embrocher
le conducteur puis, avec des squelettes ressortis
des oubliettes, il offrait aux voyageurs un
drôle de spectacle de marionnettes.
Si on baissait les rideaux, il entrait dans
le train. Malheur alors à l'imprudent qui
s'aventurait aux W.-C. !

Il ressortait en hurlant, couvert de bandelettes :
une vraie momie de papier toilette !
On ne comptait plus les coups de freins,
les tirages de signal d'alarme, les crises
cardiaques, les évanouissements.
Albéric le fantôme s'amusait follement,
comme jamais auparavant depuis bientôt
neuf cents ans.

CHAPITRE 3

Mais il y avait quelqu'un
que le petit jeu d'Albéric ne faisait pas rire.

– Un fantôme, allons donc, trouvez-moi
une autre explication ! tempêtait le directeur
des chemins de fer.

Pendant la réunion, il tapait sur son bureau,
s'arrachait les cheveux :

– Un train qui a coûté des milliards, un train
que le monde entier nous envie, tout ça freiné
par quoi ? Je vous le demande ! Par des histoires
à dormir debout, des sornettes, des balivernes,
des superstitions imbéciles ! Je vais aller y voir
moi-même, messieurs les incapables.

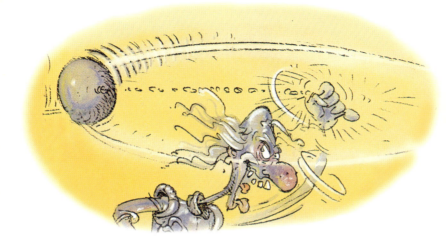

Dès le lendemain, le directeur prit le TGV et, comme tout le monde, en passant dans le tunnel, il eut très peur. Pourtant Albéric le fantôme fit un numéro très classique dans son costume de drap blanc.

Mais quelle technique ! Il passa à toute allure dans l'allée centrale en faisant tournoyer son boulet. Les voyageurs plongèrent à terre pour l'éviter. Les chariots de boissons et les bagages furent renversés. Ceux qui n'avaient rien vu accusèrent les autres de semer la pagaille, et tout cela finit par une bagarre générale.

Le directeur, le costume beurré par une projection de sandwich, arriva au village, au pied de la colline.

À l'auberge, il demanda à un vieux monsieur :

– Avez-vous entendu parler d'un fantôme ?

– Vous voulez parler d'Albéric ? Bien sûr ! On en parle beaucoup à cause du TGV mais voilà bientôt neuf cents ans qu'il a commencé ses plaisanteries chez nous !

Suivant les conseils du vieux monsieur, le soir même, le directeur escaladait la colline. Il attendit parmi les ruines et, lorsque l'obscurité fut totale, il appela :

– Hou, hou !

– Hou, hou, lui répondit une silhouette en volant près de lui.

Il faillit s'évanouir de terreur puis retrouva
son sang froid. Les « hou-hou » s'éloignaient,
ce n'était qu'un chat-huant.
Le fantôme ne se montrait pas. Le directeur
commençait à avoir froid. Il râlait :
– Un fantôme, quelle idiotie ! Ah, vivement
tout à l'heure, un bon lit à l'auberge !
Il se promena dans les ruines en criant :
– Sire Albéric, vous êtes là ? Je suis la SNCF,
le directeur !

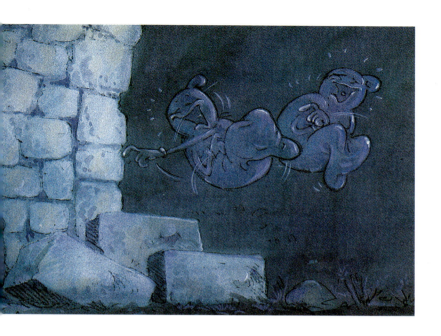

Soudain il entendit, venant du puits :
– Oui, messire La Hessenne Céheffe,
je t'ai fort bien ouï, que veux-tu ?

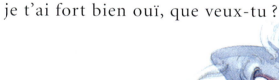

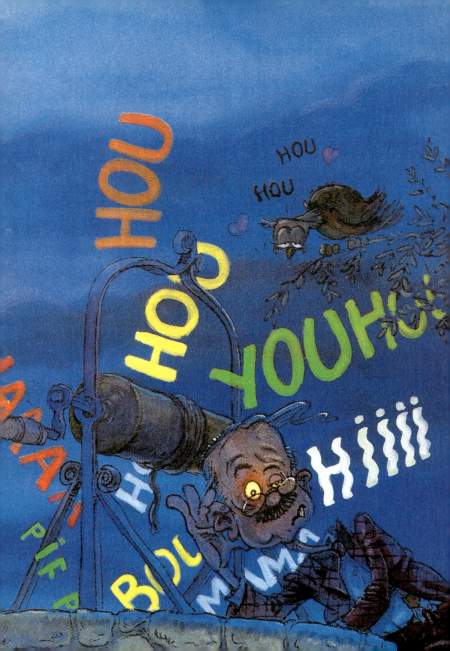

CHAPITRE 4

Le directeur se pencha

par-dessus la margelle :

– Je viens discuter avec vous !

– Un instant, résonna la voix, j'ai le TGV 744 de 0 heure 55 qui arrive.

Le directeur, la main en cornet sur une oreille, entendit un bruit de train et des hurlements. Cela lui rappelait le train fantôme de son enfance. Il ne put s'empêcher de sourire.

– Voilà, je suis à toi, dit bientôt le fantôme.

Le directeur, qui craignait d'avoir peur, fut agréablement surpris. Albéric avait mis son costume de cérémonie.

– J'ai moult labeur et nenni songe à t'espouvanter, dit le fantôme. Puis, utilisant une langue plus moderne, il continua :

– Un client isolé, tu comprends, c'est moins intéressant qu'un compartiment bien plein.

– Heu, oui, justement, je suis venu vous demander d'arrêter de faire peur à mes voyageurs en dessous de chez vous, dit le directeur.

– Désolé, La Hessenne Céheffe, tu es seigneur du rail mais je suis ici chez moi : tout ce qui passe en dessous de chez moi est à moi. Surtout que, pour une fois, je peux m'esbaudir au lieu d'errer en chagrin dans mon château en ruine.

CHAPITRE 5

Le directeur n'avait pas l'habitude qu'on lui tienne tête. **23**

Il se mit en colère :

– Aaah, mais c'est impossible ! D'abord ce tunnel n'est pas à vous, il est à moi, il est à la SNCF ! Alors, fantôme ou pas, vous allez déguerpir, sinon… sinon !

– Sinon quoi ? dit le fantôme. Veux-tu te battre avec moi, La Hessenne Céheffe ? D'accord ! Celui de nous deux qui gagnera aura le tunnel.

– D'accord, dit le directeur en enlevant sa veste.

– C'est moi l'offensé, dit le fantôme, je choisis mon arme : l'épée à deux mains. Tiens, en voilà une pour toi.

Comme par magie, une épée tomba aux pieds du directeur. Il s'empressa de la ramasser car le fantôme était déjà en garde. Ils se ruèrent l'un sur l'autre en poussant des cris atroces.

Chacun des deux était convaincu d'avoir tué son adversaire.

24

Ils s'arrêtèrent pour s'examiner : ni l'un ni l'autre n'avait rien. Ils reprirent le combat.

– Ça alors, dit le directeur, cette fois-ci je vous avais pourtant coupé un bras !

– Ça alors, dit Albéric le fantôme, je croyais t'avoir fait choir la teste !

– Nous ne pouvons rien l'un contre l'autre, dit le directeur. Un homme ne peut pas tuer un courant d'air et un courant d'air ne peut pas tuer un homme comme moi.

CHAPITRE 6

– J'ai une autre idée, dit le fantôme. Faisons un concours de cris : celui qui effraiera l'autre gagnera le tunnel.

Le fantôme avait des siècles d'expérience ; il sortit le cri des terreurs champêtres.

Les feuilles des arbres alentour, subitement jaunies, tombèrent. Le directeur n'avait pas bougé un cil.

– À moi, dit-il.

Il prit son souffle et lâcha le cri du déficit. Les taupes sortirent de leurs trous pour s'enfuir au plus vite. Les poissons, dans les rivières voisines, se plantèrent la tête dans la vase.

Le fantôme avait à peine frémi mais il était très étonné : un humain pouvait pousser des cris aussi horribles que les siens.

– À moi, dit-il.

Chacun son tour, ils poussèrent des cris de plus en plus abominables.

La bataille fit rage pendant trois heures. Plus une vitre, plus un miroir n'étaient intacts dans le village voisin.

Les nuages rebroussèrent chemin. La sirène des pompiers pleura de jalousie.

Mais ce fut un match nul.

Alors, bon gré, mal gré, Albéric le fantôme
et le directeur, après avoir bien crié, durent
s'entendre. Le directeur de la SNCF se mit
à réfléchir à toute vapeur, puis il dit :
— Albéric, je vais reconstruire votre château.
Vous pourrez y effrayer autant de gens que
vous voudrez. Mais, en échange, il ne faudra
plus retourner dans le tunnel.

– Reconstruiras-tu le pont-levis, le donjon, les passages secrets, les immenses cheminées ? demanda le fantôme.

– Bien sûr !

– Alors, c'est d'accord !

De retour dans sa chambre à l'auberge, le directeur se demandait s'il n'avait pas rêvé. Il avait sous les yeux une feuille de papier.

Je soussigné, Sire Albéric de Cracorian, m'engage à ne plus hanter le T.G.V. dès que mon château sera reconstruit.

Mords-y l'œil

Dès que les travaux furent achevés, le parking se remplit de véhicules. Les touristes levaient les yeux vers l'immense pancarte :

Des hululements sinistres, des ricanements, des cris de frayeur retentissaient dans les couloirs. Albéric le fantôme s'en donnait à cœur joie.
C'était la première fois qu'on lui demandait de semer la terreur.

CHAPITRE 7

Pour l'anniversaire d'Albéric – neuf cents ans de fantôme – le directeur organisa une grande fête. Tout le village était invité ainsi que des journalistes du monde entier.

Albéric présidait en bout de table, dans la grande salle de restaurant du donjon tout neuf. Sur chaque assiette était posé le menu aux armes des Cracorian.

Repas d'anniversaire de Sire Albéric de Cracorian

MENU

Entrées : Terrine d'oubliettes
Oeufs en tremblote
Salade défrisée

Viandes : Rôti du Revenant
Boudin au sang glacé
Chair de poule en lait froid

Garnitures : Haricots verts de peur
Gratin de six trouilles

Fromages : Peur bleue de Bresse
Fantôme de Savoie
Croquefort

Entremets : Flan à la panique
Jambes flottantes
Poire d'angoisse

Dessert : Gâteau d'anniversaire

Le repas se passa fort bien. C'était tellement bon ! De temps en temps, bien sûr, les invités jetaient un coup d'œil inquiet vers l'ombre brillante du fantôme.

Mais le directeur était là pour rassurer chacun d'un sourire. On éteignit les lumières pour le gâteau d'anniversaire. Tout le monde, en chœur, se mit à chanter :
– Joyeux anniversaire, joyeux anniversaire, joyeux anniversaire sire Albéric !

L'ombre lumineuse s'approcha du gâteau
aux neuf cents bougies. Neuf cents bougies
à souffler, vous avez déjà essayé ? Fantôme
ou pas, il en faut du souffle !

Aussi, quand le fantôme souffla, il ne put
s'empêcher de crier, et ce fut le cri le plus
terrible qu'on ait jamais poussé.

Tout le monde s'enfuit, les cheveux dressés et blanchis. Il ne restait plus que le directeur et Albéric. Et tous les deux riaient, riaient à n'en plus finir, et leurs rires résonnèrent encore longtemps dans tout le château.